PAPYRUS

LA COLÈRE DU GRAND SPHINX

DE GIETER.

G.VLOEBERGHS.

DUPUIS

D.1998/0089/302 — R. 5/2004.
ISBN 2-8001-2740-6 — ISSN 0771-8969

Imprimé en Belgique.

www.dupuis.com

Tout repose dans le palais de Memphis, où Pharaon et sa cour se sont installés pour la saison de l'inondation.
Et encore, je me retiens!
Impossible de dormir! C'est épouvantable!
C'est le canard que j'ai mangé hier soir qui ne passe pas!
On marche dans le couloir?...
À cette heure?
?
CRRR
CRRR
DE GIETER

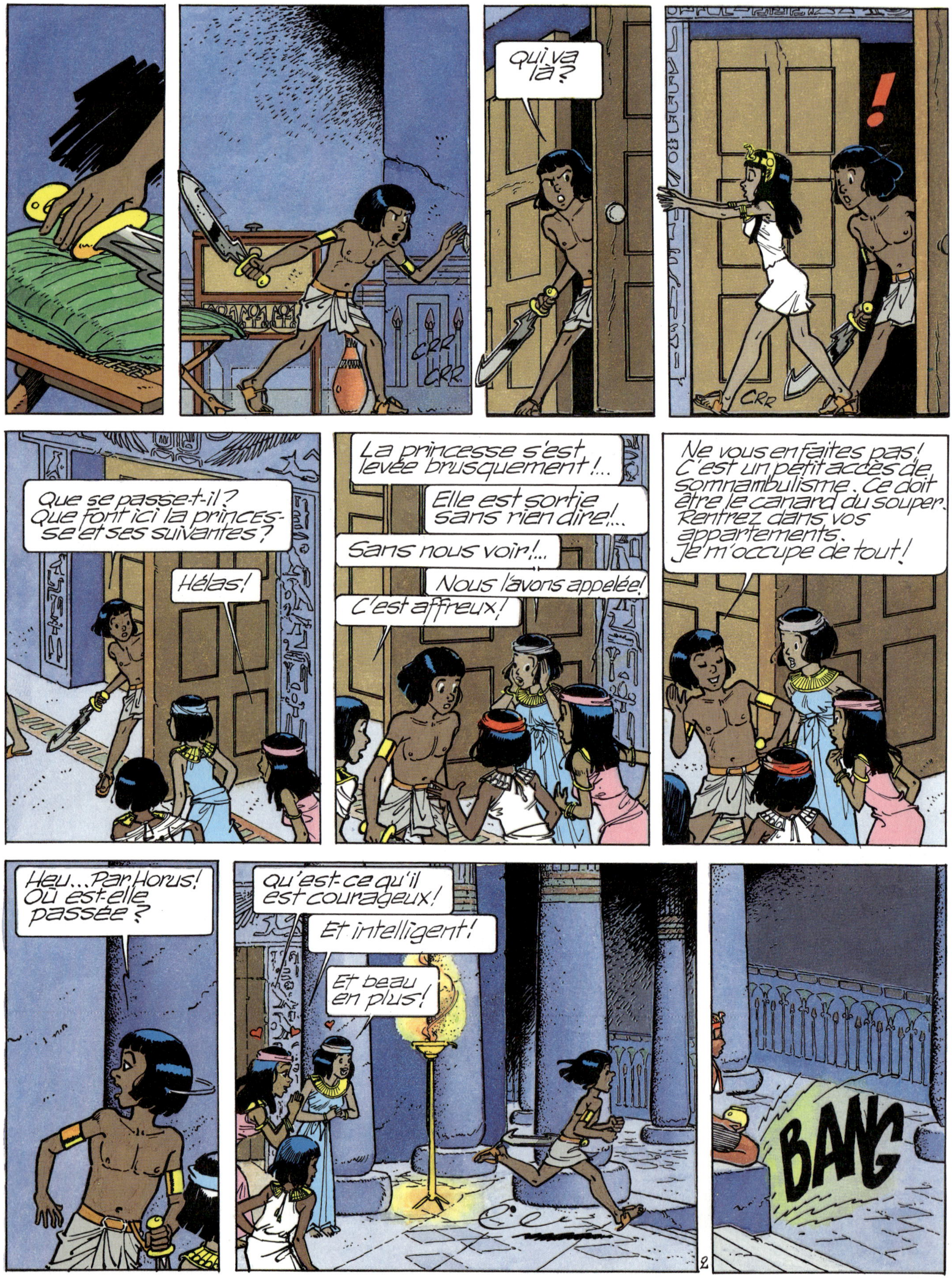
CRR
CRR
Qui va là?
!
CRR
Que se passe-t-il? Que font ici la princesse et ses suivantes?
Hélas!
La princesse s'est levée brusquement!...
Elle est sortie sans rien dire!...
Sans nous voir!...
Nous l'avons appelée!
C'est affreux!
Ne vous en faites pas! C'est un petit accès de somnambulisme. Ce doit être le canard du souper. Rentrez dans vos appartements. Je m'occupe de tout!
Heu... Par Horus! Où est-elle passée?
Qu'est-ce qu'il est courageux!
Et intelligent!
Et beau en plus!
BANG

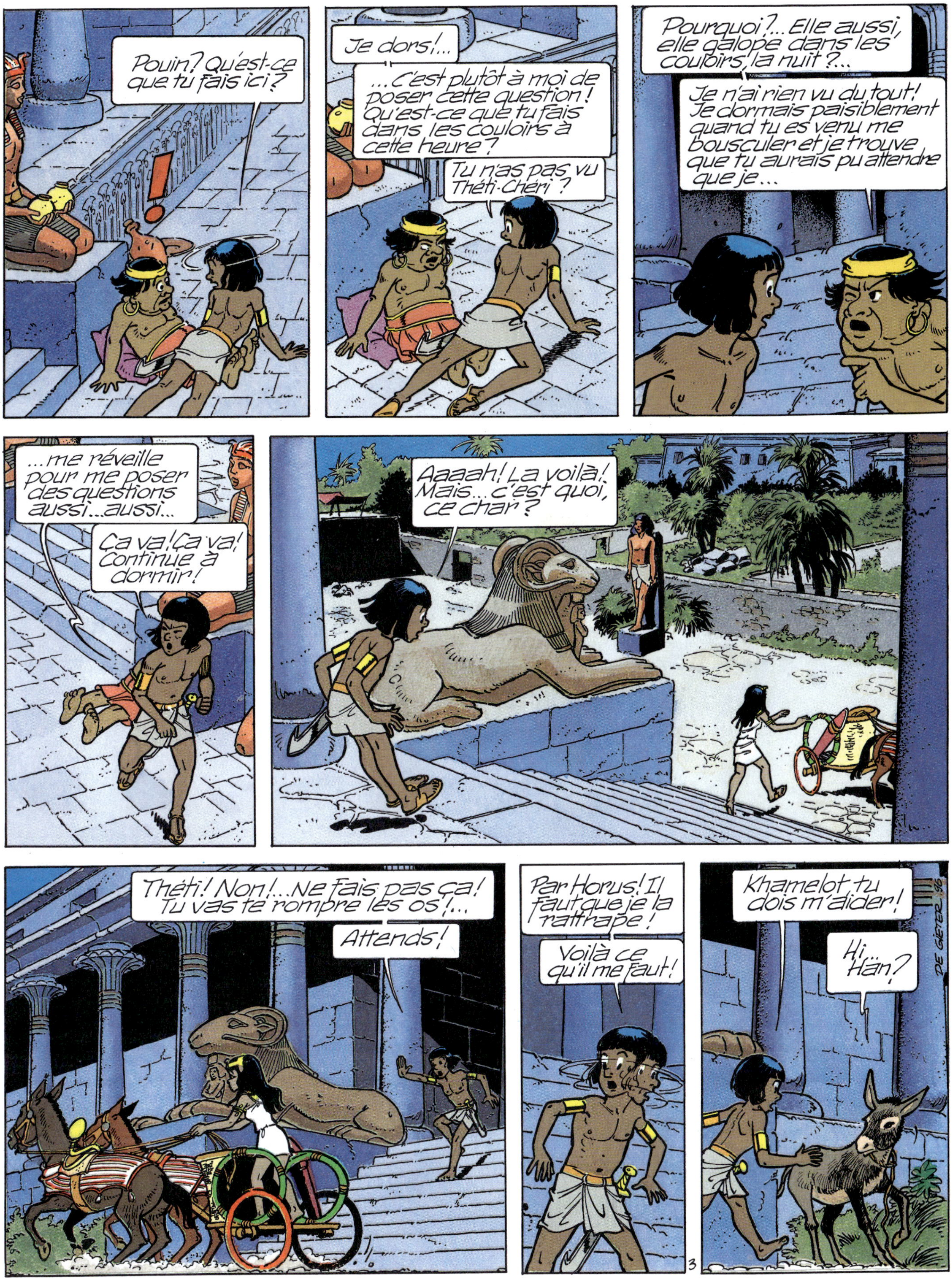
Pouin? Qu'est-ce que tu fais ici?
Je dors!...
...C'est plutôt à moi de poser cette question! Qu'est-ce que tu fais dans les couloirs à cette heure?
Tu n'as pas vu Théti-Chéri?
Pourquoi?... Elle aussi, elle galope dans les couloirs, la nuit?...
Je n'ai rien vu du tout! Je dormais paisiblement quand tu es venu me bousculer et je trouve que tu aurais pu attendre que je...
...me réveille pour me poser des questions aussi... aussi...
Ça va! Ça va! Continue à dormir!
Aaaah! La voilà! Mais... c'est quoi, ce char?
Théti! Non!... Ne fais pas ça! Tu vas te rompre les os!...
Attends!
Par Horus! Il faut que je la rattrape!
Voilà ce qu'il me faut!
Khamelot, tu dois m'aider!
Hi... Hân?
DE GIETER 96

Vas-y, Khamelot! Force! Il faut sauver Théti-Chéri!
?
!
Mon âne!
Non! Papyrus, arrête! Khamelot est à moi!
Mon âne! Rends-moi mon âne! Tout de suite!
À LA GARDE! ARRÊTEZ-LES!
C'est honteux! On vole mon âne et vous dormez au lieu de faire votre devoir!
Notre devoir? On va t'apprendre à nous dire où est notre devoir!
Dehors, anarchiste!
Cependant...
Des traces de char, elle est passée par ici!
!
DE GIETER
4

Soudain, émergeant du vent de sable, une étrange silhouette se dresse, barrant le passage.
Que viens-tu faire ici ?
Je... je cherche la princesse Théti-Chéri !
Retourne d'où tu viens ! Le destin de Pharaon et de sa descendance ne concerne que les dieux !
Que va-t-il lui arriver ?
Va-t'en ! Avant que ma colère ne t'anéantisse !
Je dois retrouver Théti. Par Horus !
Tu m'as trop défié !
DE GIETER 96

L'air s'emplit d'un sifflement insoutenable. "L'homme tempête" fouette l'espace de son glaive, mais Papyrus résiste à ses assauts furieux.
Comme la tempête, les coups redoublent quand brusquement...
TAK
DE GIETER

OUUUUUUUUUUUUOU
Et la tempête de sable s'arrête d'un coup.
L'homme tempête a raison, nous n'avons rien à faire ici. Il faut rentrer au palais !
Cette histoire ne concerne que Pharaon et les dieux !
Non! Je ne peux pas laisser faire ça. Retourne au palais et rapporte ce que tu as vu. Moi je pars à la recherche de Théti !
Tu es fou ?
Il est fou! Il est fou!
Ma décision est prise!
Viens Khamelot, on fait demi-tour!
Hi! Han!
Avec le vent, les traces ont disparu !...
Oh! Là, on dirait son char!
DE GIETER.
7

Le grand sphinx? Et là, entre ses pattes... Par tous les dieux!... Est-ce possible?...
Théti-Chéri?
QUI TE PERMET DE CONTRARIER LA VOLONTÉ DES DIEUX?
DE GIETER.

LA FILLE DE PHARAON M'APPARTIENT!
CETTE ENGEANCE DOIT DISPARAÎTRE! ELLE A ROMPU LE PACTE!
Le pacte? Quel pacte?
J'avais juré protection au Pharaon Thoutmosis IV et à tous ceux qui désormais occuperaient le trône d'Egypte. En échange, lui et ses descendants me délivreraient à jamais du linceul de sable qui lentement m'étouffe.
La fille du Pharaon périra sur la pierre qui avait scellé le pacte!
9

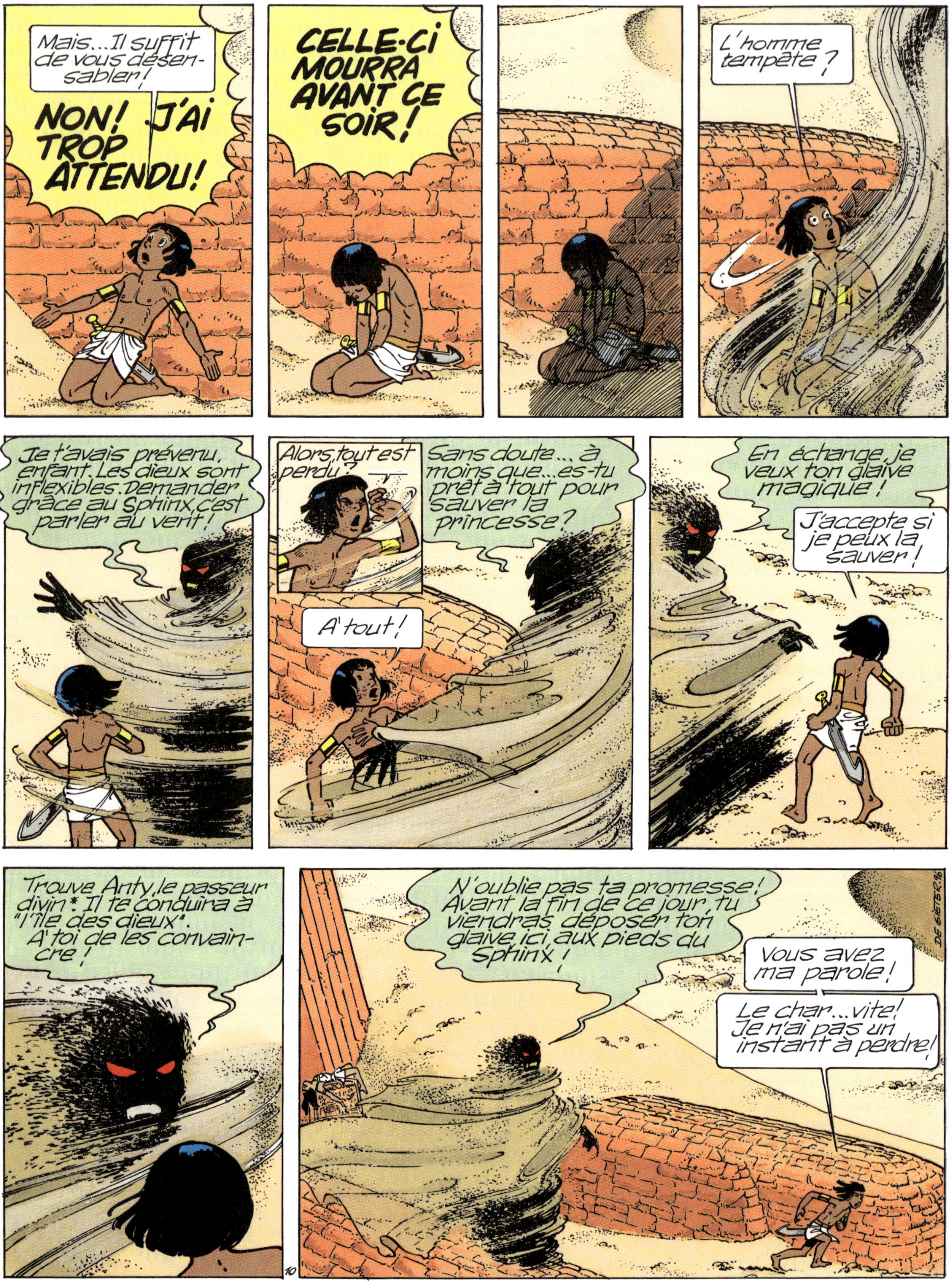

* voir n°3: Le Colosse sans visage.

Ha! Ha! Ha! Encore un fou qui scelle un serment avec le vent. Ce soir, mon linceul aura raison de ses illusions !
Sans transition, Papyrus passe du désert aride à la plaine inondée par la crue du Nil, qui en octobre recouvre tout le delta.
Par tous les dieux ! Où trouver Anty dans ce fouillis de végétation et d'eau ?
Mais soudain, les chevaux effrayés se cabrent.
Alors, Papyrus, tu en appelles aux dieux ?
?
DE GIETER
11

Et tu te permets de troubler ma sieste !
Anty ?
Anty ! La princesse Théti-Chéri est en danger mortel. Tu dois me conduire à "l'île des dieux" Rappelle-toi que je t'ai vaincu et que tu dois m'obéir ! *
Oui.... enfin.... Je me souviens, mais...
* VOIR : LE COLOSSE SANS VISAGE.
Tu as vaincu la barque Anty. Mais sur terre, je suis Anty le passeur divin et pour l'instant, je fais la sieste !
Et je n'ai nulle envie de me mouiller, même pour ta princesse !
Lève-toi ! Je veux que tu me conduises, sinon...
Sinon, tu me tueras et jamais tu ne parviendras à "l'île des dieux" !
Alors, ne t'énerve pas et trouve autre chose pour me faire bouger !
Snif... Snif... ?
DE GIETER
12

Qu'est-ce que c'est que ça ?
OUAH!
Aïe! Ouille! SAUVE QUI PEUT! ÇA BRÛLE!
Attends-moi!
Te voilà redevenu barque, Anty. Alors?
Soit! Tu as gagné, je te conduirai à „l'île des dieux„!
Pouin, tu me dois une explication! Que faisais-tu là? Je t'avais envoyé au palais, avertir Pharaon!
Ben... je ne pouvais pas te laisser tout seul risquer ta vie!...
Hi! Han!
Et puis... Khamelot ne voulait pas!... Mais l'idée de mettre le feu aux herbes est de moi!

Bientôt, un étrange brouillard entoure la barque magique.
L'île sacrée!
Voilà! Je n'irai pas plus loin! Les dieux me l'interdisent. Quand l'heure sera là, je reviendrai vous chercher!
Sans rancune, Papyrus. Prends l'outre qui est dans ma barque. Je veux que nous buvions à ton succès!
Sluuurp!
Glou! Glou! Glou!
Je... je la remets en place!
Glou! Glou!
Tu viens, Pouin?
J'arrive! J'arrive!
A bientôt et bonne Chanche!
DE GIETER

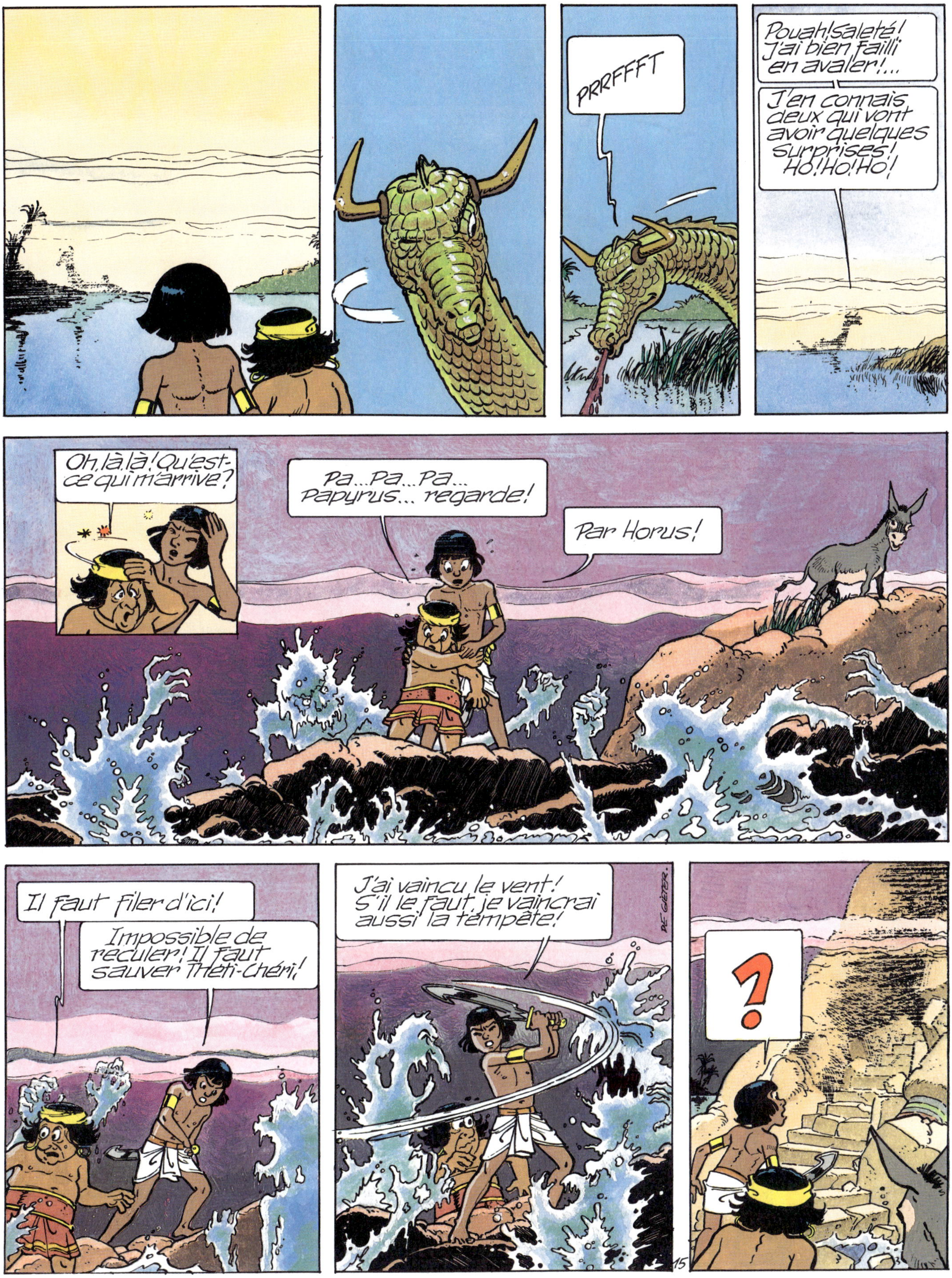
PRRFFFT
Pouah! Saleté! J'ai bien failli en avaler!...
J'en connais deux qui vont avoir quelques surprises! Ho! Ho! Ho!
Oh, là, là! Qu'est-ce qui m'arrive?
Pa... Pa... Pa... Papyrus... regarde!
Par Horus!
Il faut filer d'ici!
Impossible de reculer! Il faut sauver Théti-Chéri!
J'ai vaincu le vent! S'il le faut, je vaincrai aussi la tempête!
?

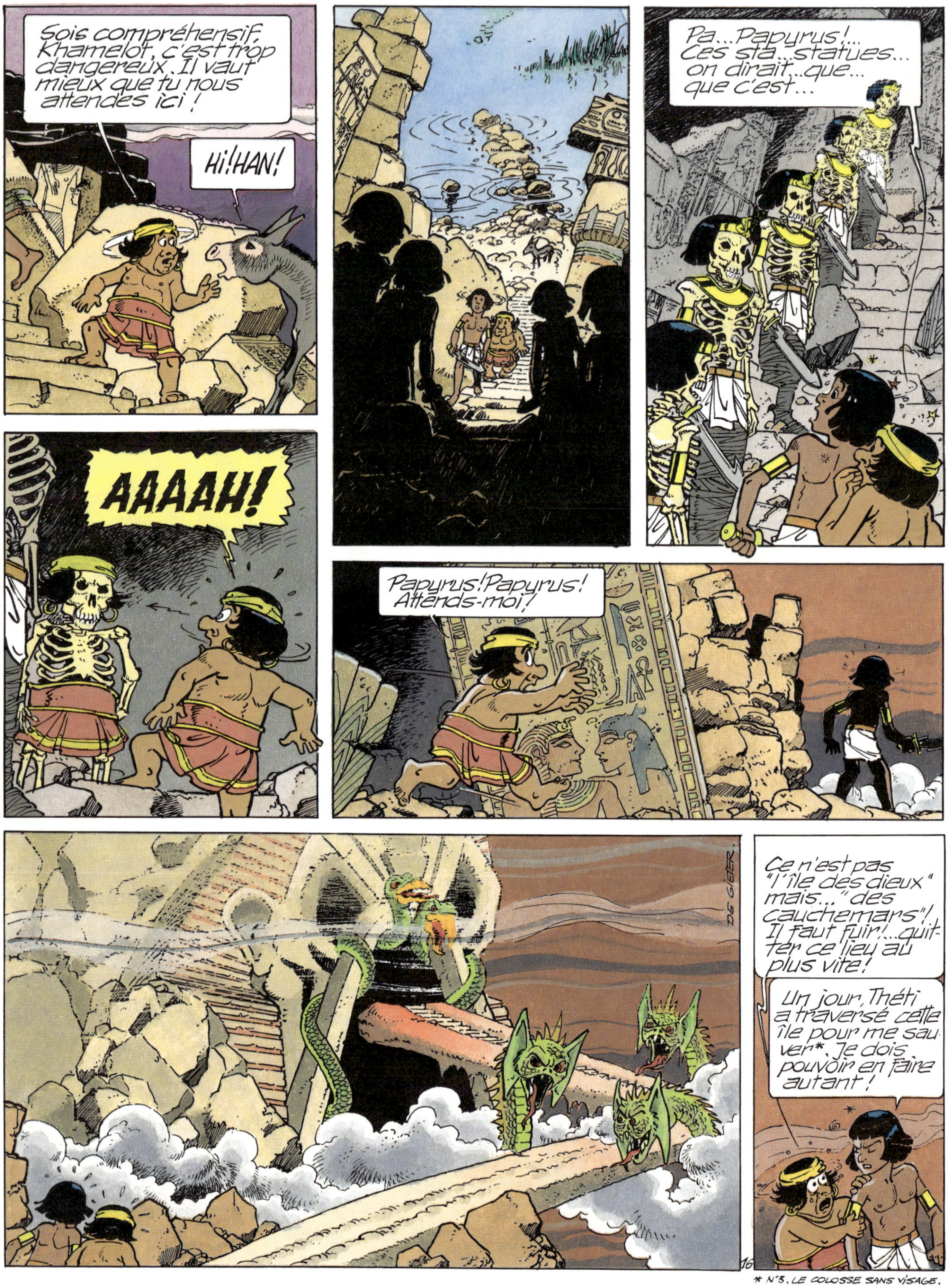

Sois compréhensif, Khamelot, c'est trop dangereux. Il vaut mieux que tu nous attendes ici !
HI!HAN!
Pa... Papyrus!... Ces sta...statues... on dirait...que... que c'est...
AAAAH!
Papyrus! Papyrus! Attends-moi!
DE GIETER
Ce n'est pas "l'île des dieux" mais... "des cauchemars"! Il faut fuir!... quitter ce lieu au plus vite!
Un jour, Théti a traversé cette île pour me sauver*. Je dois pouvoir en faire autant !
16
* N°3. LE COLOSSE SANS VISAGE.

J'ai la tête qui tourne de plus en plus !... Je... je n'ai pas la force d'aller plus loin !
Moi aussi, j'ai la tête qui tourne, mais j'irai !
Ile des cauchemars ou des illusions? Par mon glaive! Je dois la traverser!
Terrifiants mais...
inoffensifs !
Par Horus! Quelle est cette nouvelle sorcellerie?
Papyrus! N'y va pas! C'est encore une horrible hallucination!
La demeure des dieux est là-haut !
17

Hé! Ho! Attends-moi!
Je... Il vaut mieux que je t'accompagne!
Allons! Courage! Mon glaive nous protège!
Mais, c'est tout noir!
Avançons!
AAAAH?
DE GIETER 96
Papyrus! Ton glaive! Fais quelque chose!
?
?
18

* VOIR N°2. LE MAÎTRE DES TROIS PORTES.

Le cauchemar continue... Cette porte est infranchissable !
Mais...?
Par Horus ! Ce n'est pas la porte... c'est le sol qui recule !
Foi de Papyrus, on se moque de moi !
Ne te mets pas en colère, pense... à ton âge !
Sous le choc, la porte s'ouvre brusquement.
?
DE GIETER 80

* JUDICIEUSE PRÉMONITION : C'EST DANS CET ÉTAT QUE, EN 1798, LES SAVANTS DE L'EXPÉDITION BONAPARTE LE REDÉCOUVRIRENT.

J'EN AI MARRE! MARRE!
BOUM
BOUM
BOUM
CRAAAC
Par Ha!* Qu'est-ce que j'ai fait?
POUIN! ATTENTION!
*DIEU DES LIBYENS.
BRK KROOOOUUMMMM
DE GIETER 92

Allons, là-derrière, un peu de nerf ! Ramez, fainéants !
Doucement, hein ! C'est pas parce que tu commandes aujourd'hui que tu peux nous bousculer !
Je fais ce que je veux ! Je suis l'aîné, ramez !
L'aîné d'un jour, ouais ! Maman n'a jamais pu dire qui était l'aîné. C'est chacun son tour !...
Bah !
Demain, ce sera moi et si tu m'embêtes ...!
Ah ! Non ! Demain, c'est moi qui serai l'aîné !
Pas du tout, c'est moi !
Non, moi !
Moi !
Cessez de vous chamailler, les cadets, vous allez nous faire chavirer !
Silence, l'aîné !
PAF
Je vais t'apprendre à respecter les vieux, gamin !
BING
Tu insultes ma mère ?...
Tout ça, c'est la faute à maman !
Voyou !
?
DE GIETER
23

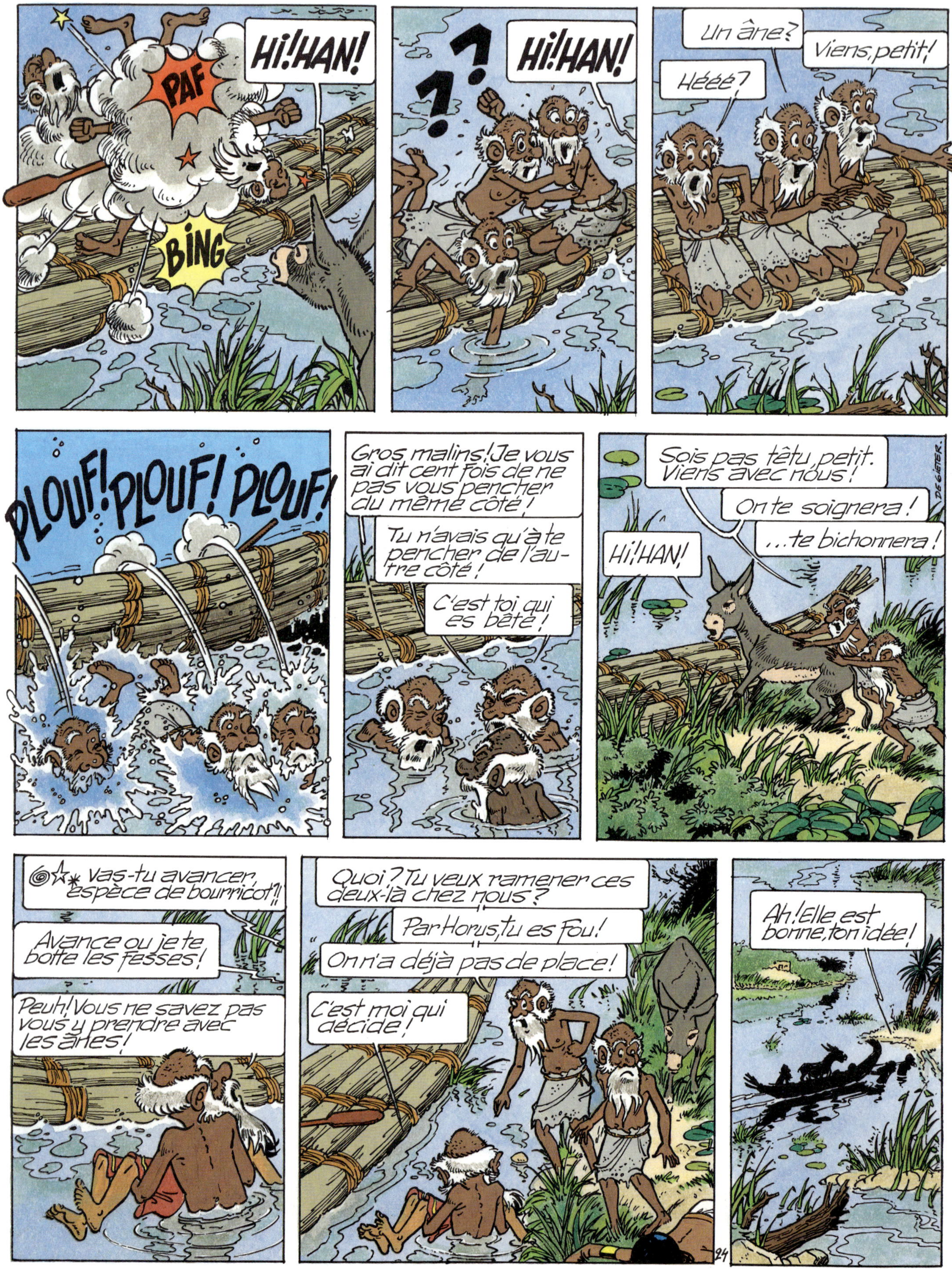
PAF
BING
HI!HAN!
??
HI!HAN!
Un âne?
Viens, petit!
Hééé?
PLOUF! PLOUF! PLOUF!
Gros malins! Je vous ai dit cent fois de ne pas vous pencher du même côté!
Tu n'avais qu'à te pencher de l'autre côté!
C'est toi qui es bête!
Sois pas têtu petit. Viens avec nous!
On te soignera!
...te bichonnera!
HI!HAN!
Vas-tu avancer, espèce de bourricot?!
Avance ou je te botte les fesses!
Peuh! Vous ne savez pas vous y prendre avec les ânes!
Quoi? Tu veux ramener ces deux-là chez nous?
Par Horus, tu es fou!
On n'a déjà pas de place!
C'est moi qui décide!
Ah! Elle est bonne, ton idée!

Ramener des inconnus chez soi!... Peuh!
On risque d'attraper des maladies!...
...Ou de recevoir un mauvais coup!
Pire! Qu'ils nous volent!
Non! Pas sur ma paillasse! C'est là que je mets mes économies!
Hi! Hi! Hi! Vous en faites pas pour vos économies, les pépés, on va s'en charger!
Alors, où tu planques tes économies, par Anubis?
Que... quelles économies?
Hé! Hé! Hé! Voilà déjà un beau bracelet d'or et un glaive!
Ici, le lecteur "averti" retient son souffle...
DE GIETER
25

OUUAAAAA
OUA!
Jette ça imbécile!
OUILLEOUILL
OUAAAAAA!
?
OUAAP!
Hé! Ho! ATTENDS-MOI!
!
DE GIETER

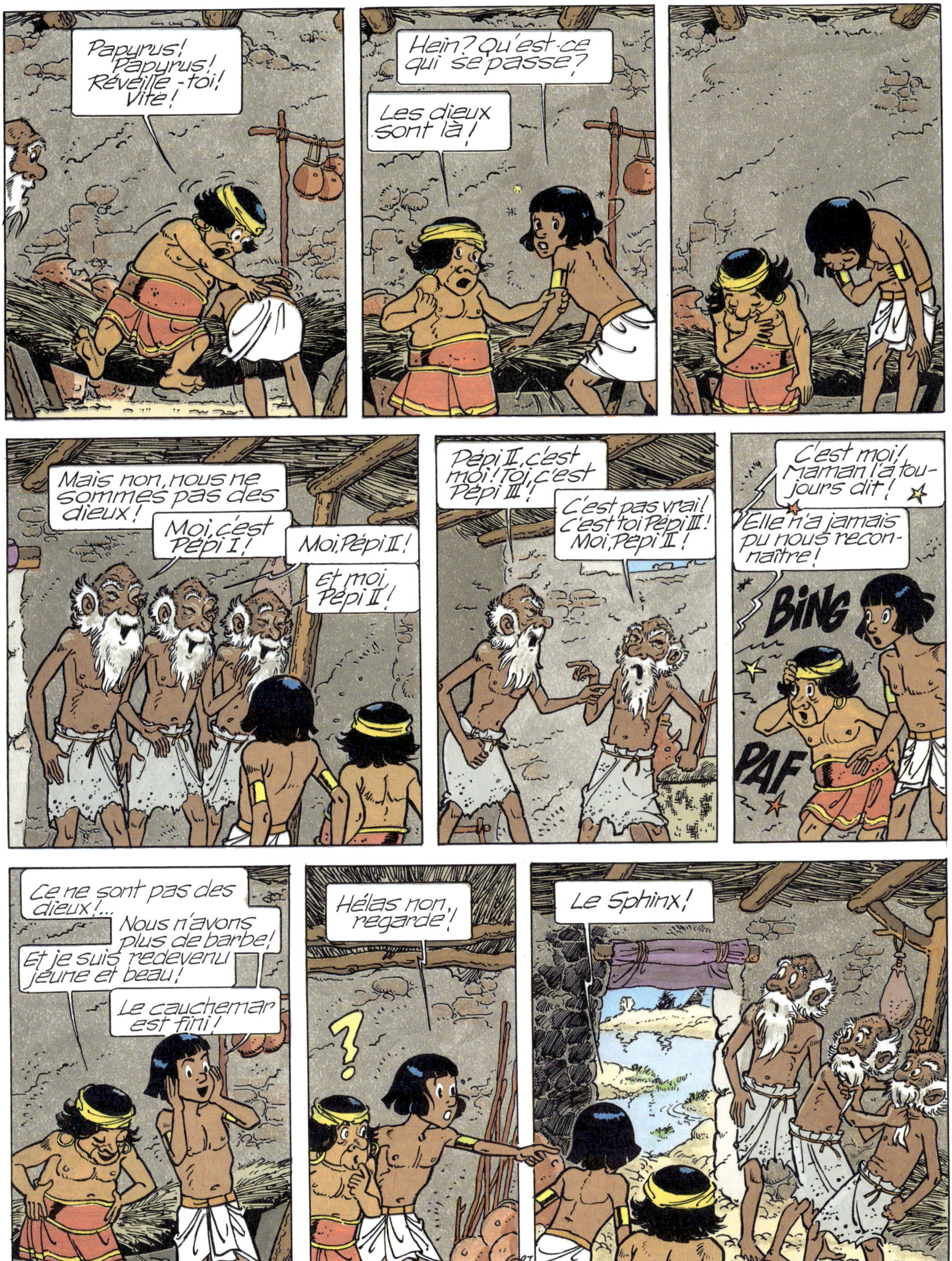

Papyrus! Papyrus! Réveille-toi! Vite!
Hein? Qu'est-ce qui se passe?
Les dieux sont là!
Mais non, nous ne sommes pas des dieux!
Moi, c'est Pépi I!
Moi, Pépi II!
Et moi, Pépi III!
Pépi II, c'est moi! Toi, c'est Pépi III!
C'est pas vrai! C'est toi Pépi III! Moi, Pépi II!
C'est moi! Maman l'a toujours dit!
Elle n'a jamais pu nous reconnaître!
BING
PAF
Ce ne sont pas des dieux!...
Nous n'avons plus de barbe!
Et je suis redevenu jeune et beau!
Le cauchemar est fini!
Hélas non, regarde!
?
Le Sphinx!

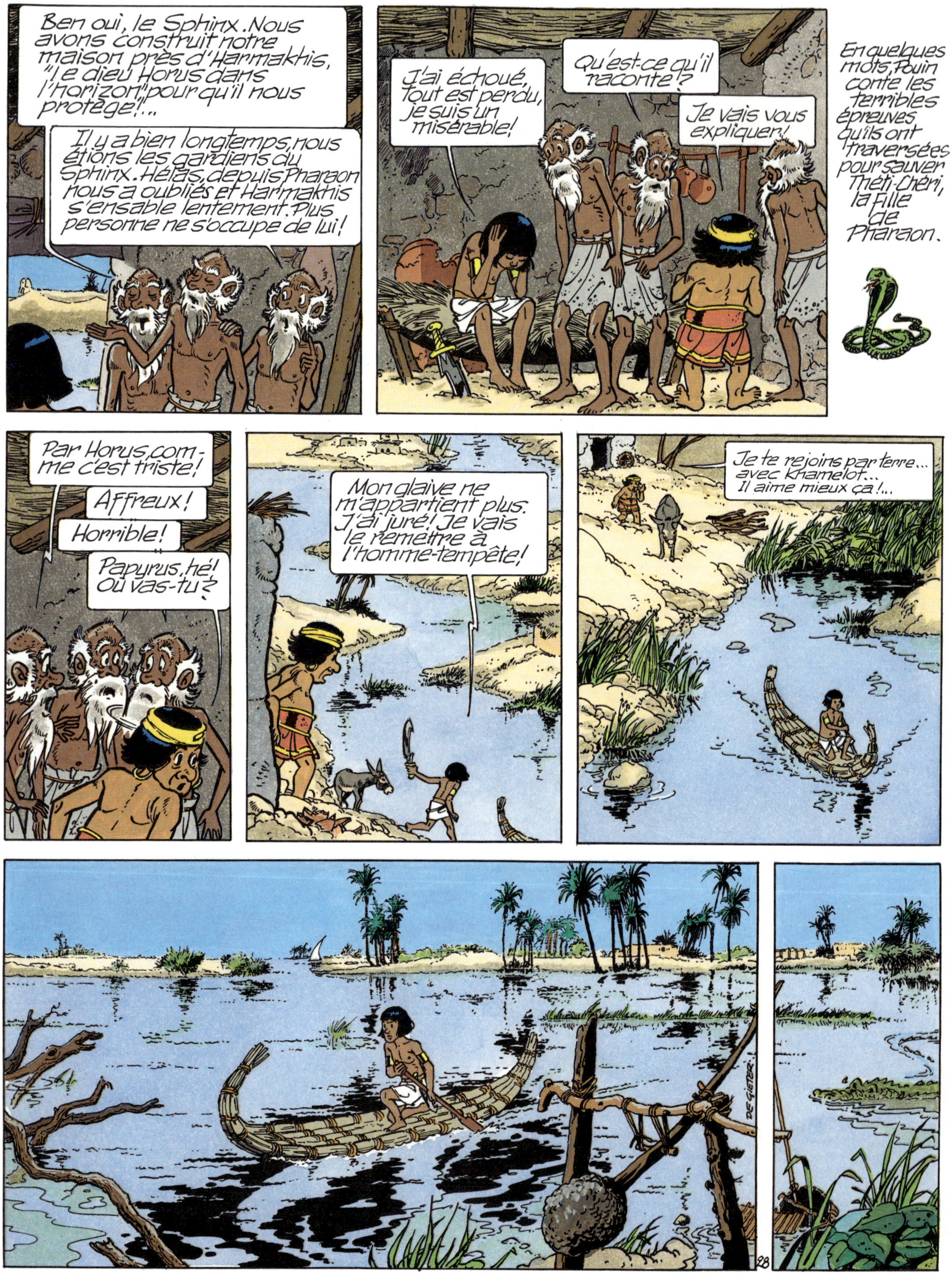
Ben oui, le Sphinx. Nous avons construit notre maison près d'Harmakhis, "Le dieu Horus dans l'horizon", pour qu'il nous protège !...
Il y a bien longtemps, nous étions les gardiens du Sphinx. Hélas, depuis Pharaon nous a oubliés et Harmakhis s'ensable lentement. Plus personne ne s'occupe de lui !
J'ai échoué, tout est perdu, je suis un misérable !
Qu'est-ce qu'il raconte ?
Je vais vous expliquer !
En quelques mots, Pouin conte les terribles épreuves qu'ils ont traversées pour sauver Théti-Chéri, la fille de Pharaon.
Par Horus, comme c'est triste !
Affreux !
Horrible !
Papyrus, hé ! Où vas-tu ?
Mon glaive ne m'appartient plus. J'ai juré ! Je vais le remettre à l'homme-tempête !
Je te rejoins par terre... avec Khamelot... Il aime mieux ça !...
DE GIETER
28

!
Anty?
Traître à ta parole! Montre-toi!
Heurg...rheu!...
Non! Ne me tue pas! C'est une affreuse méprise, je ne t'avais pas reconnu!...
Menteur! Tu nous as drogués et maintenant tu essaies de me noyer!
C'est faux! Je pêchais simplement. Les barques aussi ont besoin de manger!
Je suis toujours ton esclave!
DE GIETER

Mais c'est vrai que tu as le ventre vide, pauvre Anty!
Je n'ai plus mangé depuis deux jours!
Une belle perche du Nil, ça te conviendrait?
Oh oui! Oh oui! J'adore ça!
Alors... attrape!
Gloup!
Beurk!... Ça a un drôle de goût! C'est un poisson crevé que tu as attrapé?
Pas vraiment! Tu viens d'avaler l'outre qui contient le breuvage que j'ai partagé avec toi, pour sceller notre amitié!
AAAAAH!
Voilà une leçon qu'il n'est pas près d'oublier!
Aaaah!
Horreur!
Je suis entouré...
de monstres hideux!
Partout!
Au secours!
Pitié!
DE GIETER 96

Plus tard...
Par tous les dieux! Le Sphinx est totalement ensablé!
Et Théti-Chéri est là... étouffée par le sable, c'est affreux!
HA! HA! HA!
J'espère que tu n'as pas oublié ta promesse, Papyrus?
L'homme-tempête!
Mon glaive magique! Qu'ai-je encore besoin de lui, maintenant?
Prends-le et que la tempête l'emporte à jamais!
HA! HA!
HA! HA!

Je... je n'ai plus qu'à me laisser ensevelir moi aussi !
RAPPELEZ-VOUS LE BON VIEUX TEMPS!
OUI! ENSEMBLE, ON A...
...réalisé des prouesses !
On va leur montrer ce qu'on est capables de faire !
Bien dit !
Papyrus ! C'est formidable ! Regarde, ils sont tous là !
DE GIETER

Les jeunes! Les vieux! Ils ont tous voulu venir. Ils arrivent de partout pour désensabler le Sphinx!
Nous formerons deux colonnes, dirigées par Pépi I et Pépi II, pour attaquer la base du Sphinx!
Les plus expérimentés avec moi. Nous allons au temple bas!
On te suit, Pépi III!
Allez! Bande de fainéants! Du nerf! Il n'y a pas de temps à perdre!
DE GIETER
Ha! Ha! Ha! Les vieux ont retrouvé leur punch!
C'est le seul moment où ils ne se chamaillent pas!
En quelques instants, sous la férule bon enfant des trois Pépi, les équipes se mettent au travail, mais soudain...
Papyrus, qu'est-ce qui se passe?
ALLEZ-VOUS-EN! LE SPHINX M'APPARTIENT!
33

Emporté par le souffle puissant du vent, le sable tourbillonne, fouette les visages, aveugle les hommes, dans un hurlement strident.
On n'y voit plus rien!
Il faut attendre que ça passe!
On continue, bande de ramollis!
C'est pas un peu de vent qui va nous arrêter!
On en a vu d'autres, en avant!
Mais tandis que la tempête redouble...
Pépi, le dieu-tempête est contre nous, il faut renoncer!
JAMAIS!
HA! HA! HA! HA! HA!
Khamelot! Où es-tuuuuu?
DE GIETER.
34.

Khameloooo...?
Khamelot, qu'est-ce que tu fais là ? Pourquoi te caches-tu ?
Aaah ?... C'est bien le moment de... de...
Mais ?...
Mais oui ! Voilà la solution !
Pépi I... II... III ! Papyrus !... Où êtes-vous ? Attendez-moi !
Hi... HAN ?
Ouch !
Par Horus ! Tu pourrais respecter le troisième âge !
Je... je vous cherchais !
Voilà je viens d...
FORMIDABLE !
Et quelques instants plus tard...
Réveillez-vous, bande d'endormis ! Je veux que vous me rameniez des outres, des amphores, des... des... tout ce qui peut contenir de l'eau et que vous m'arrosiez ce sphinx et le sable tout autour. La tempête ne pourra plus le soulever. Exécution !

Tous ont repris le travail avec enthousiasme.
Et, bientôt, le sable tourbillonnant se fait lourd, colle au sol...
Alors, lentement, mille bras libèrent le Sphinx de sa gangue boueuse.
Malgré la fureur de l'homme-tempête qui s'étrangle de rage, impuissant.
RHAAAAAAAAHAAA...
DE GIETER
36

OWOAAWOOUUOOWWOUAAAOW
OWOOWAAA..A..A..A
HA!HA!HA! Papyrus,
La tempête est vaincue! Liquidée! Piétinée!
DE GIETER
37

THÉTI!
NON!
MORTE!
Au cri de désespoir de Papyrus, le chantier s'est arrêté. Les hommes restent silencieux.
Papyrus, attends-moi!
Laisse-le, Pouin. Je crois qu'il a besoin d'être seul!
Oh! Théti-Chéri, pardonne-moi. Je n'ai pas pu te protéger! Je ne mérite pas de vivre!

Ecrasé de douleur, Papyrus s'est effondré.
Théti !... Je... je t'aimais tant !
HORUS ! RÉ ! THOT ! ANUBIS ! DIEUX INUTILES, JE VOUS HAIS !
Je vous hais !
C'EST TOI, PAPYRUS QUI BLASPHÈMES CONTRE LES DIEUX ?
Dieux impuissants, vous n'avez rien fait pour sauver la princesse Théti-Chéri de la mort !
Alors, Amon-Ré, le premier des dieux, émergeant de l'assemblée, s'avance.
ON N'INTERPELLE PAS LES DIEUX EN VAIN. IL FAUT EN PAYER LE PRIX !
La mort de Théti n'a pas de prix !
DE GIETER 96
39

Enfant de peu de foi, qui te dit que ta voix n'a pas été entendue ?
Mais, Théti est morte !
Non ! Ce que tu as dans les bras, c'est le ka* de la princesse Théti-Chéri !
* LE DOUBLE.
Son ka ?... C'est pour cela qu'elle est si... si légère !
Anty s'est moqué de toi. Il a eu sa punition. Nous sommes les garants de la justice de Maat. Nous avons protégé la princesse de la colère de Seth. Adieu, Papyrus !
Mais alors, où est Théti-Chéri ?
TAGADA... TAGADA...
?
Eh bien ! Papyrus, que fais-tu là à soliloquer en plein désert ?
Théti ?
Pour le pauvre Papyrus, trop c'est trop.
DE GIETER
40

Papyrus!... Réveille-toi!
Que se passe-t-il? Qu'est-ce qui m'arrive?
Théti... vivante?
AAAAAAH!
Ben oui, vivante! Ça n'a pas l'air de te faire particulièrement plaisir!
Combien pèses-tu?
Combien je?... Mon pauvre Papyrus, ne dis plus rien. Je te ramène au palais. Je trouverai bien quelqu'un pour te soigner!...
S'il n'est pas trop tard!
Mais je ne suis pas malade. Je t'ai suivie quand tu étais somnambule... j'ai essayé de t'arracher à la colère du Sphinx... j'ai transporté ton ka...
Tu es sûr que ça va?
Oh! Et puis rien! Laisse tomber! Tu es vivante, c'est l'essentiel!
Et en bonne santé!
DE GIETER
Je suis seulement un peu barbouillée. J'ai très mal dormi, ce doit être le canard d'hier soir. J'en ai trop mangé! Je ne pouvais pas dormir, j'ai été me promener au clair de lune et en revenant vers le Sphinx, je tombe sur toi!
Allons voir le Sphinx!
Oui, allons voir!
OH?

Par tous les dieux! Le Sphinx et les deux temples bas! Je ne les avais jamais vus libérés du sable. Comment est-ce possible en une nuit?
Le peuple d'Egypte est capable de prodiges pour l'amour de sa Princesse!
Que veux-tu dire?
Hum!
Oh! Regardez!
La Princesse Théti-Chéri!
Par Horus, vivante!
Hourra!
Vive Papyrus!
Vive la Princesse!
Papyrus, c'est un miracle! Comment as-tu fait pour lui rendre la vie?
Ben... Heu... elle... n'était qu'évanouie... je lui ai fait du bouche à bouche!
42
DE GIETER

Papyrus, que racontes-tu à Pouin?
Rien, rien! Je lui donne quelques conseils pour les premiers soins!
Ô, GRAND ROI LION! RÉ HARMAKHIS! GARDIEN DE L'HORIZON!...
Qui sont ces trois curieux personnages?
Ce sont les frères Pépi. C'est grâce à eux que le Sphinx a été désensablé et que tu es sauvé!
Sauvé? Tu parles par énigmes!
C'est le peuple d'Egypte qui fait un pacte avec toi! Tant que tu nous protégeras, jamais plus le sable ne souillera ta face, nous te le jurons, parole de Pépi!
OUI! HOURRA! HOURRA! OUI! OUI! OUI! HOURRA! HOURRA! HOURRA! OUI!
...ET PAROLE DE PHARAON!
Vous avez rappelé au Roi ses devoirs. A vous, les Pépi, l'honneur de cette charge. Je vous nomme gardiens du grand Sphinx à jamais!
DE GIETER. 97

*Pharaon de la 4e dynastie. 2500 A.JC.

PRINTED IN BELGIUM BY
proost
INTERNATIONAL BOOK PRODUCTION